에게

KB059113

친구에게

친구에게

떨어져 있어도 가까운 마음으로
그리움 담아 전하는 글

이해인 글
이규태 그림

우정의 축복 속에

다시 불러보는 이름,

친구야

오늘 점심 식사를 하고 수녀원 정원에서 산책을 하다가 다리가 불편한 두 수녀님이 손을 꼭 잡고 서로 의지해서 걷는 뒷모습을 보았습니다. 어찌나 아름다운지! 오랜 시간 가꾸어온 우정의 향기가 저절로 전해져왔습니다.

저는 지난 반세기 동안 '벗에게', '친구에게', '우정 일기', '친구에 대한 단상' 등 친구들과 나눈 우정을 담은 많은 시와 산문을 썼습니다. 오래전부터 친구에 관한 글만 따로 모아서 예쁜 책을 내고 싶은 꿈이 있었는데, 매번 산문집에 섞여 들어가 뜻을 이루질 못하다가 비로소 그 꿈을 이루게 되어 기쁩니다.

이 책은 기존 발표한 산문집 가운데 소개하고 싶은 우정에 관한 구절을 골라 가다듬어 엮은 것으로, 일부 새롭게 쓴 글도 있습니다. 완성한 뒤 다시 읽어보니 제가 쓴 글임에도 처음 본 듯 새롭고 감동스러워 구절마다 한참을 머물곤 했습니다. 반갑고 정겹게 춤을 추며 안겨오는 사랑과 우정의 글들. 새삼 떠오

르는 친구들이 많았습니다.

이 책에 담긴 친구의 모습은 어느 한 사람이 아닌 여럿을 염두에 두고 쓴 글입니다. 학교에 들어가기 전 어린 시절의 골목길 동무들, 학창 시절에 만난 친구들, 수녀원에 입회해 만난 동료들, 여러 권의 책을 출간하며 인연을 맺은 오래된 독자들. 영적 도움을 준 친지와 사제들, 직접 만난 일은 없으나 편지로 꾸준히 만남을 이어온 해외 독자들…. 이 모든 친구들이 저에게 다정한 애인이며 은인, 도반이며 수련장, 그리고 때로는 엄중한 스승의 역할을 해주었습니다. 행복하지만 인간적으로 결코 쉽지 않았던 제 긴 수도 여정을 많은 기도와 응원으로 뒷받침해준 친구들에게 "덕분입니다."라는 감사의 인사를 꼭 전하고 싶습니다.

애인이나 반려자와는 또 다른 빛깔로 다가오는 친구라는 존재!
한 사람의 생애에 친구가 주는 영향은 참으로 말로 표현하기 어려울 만큼 크고 소중합니다. 삶이 힘들고 고단할 때, 아프고 슬플 때 함께해준 친구도 고맙지만 축하받을 만한 어떤 좋은 일이 생겼을 때 질투하지 않고 자기 일처럼 기뻐해준 친구들 또한 잊을 수가 없습니다.

한 그루의 우정나무를 잘 가꾸기 위해선 끊임없는 사랑의 관심과 배려, 예민한 기다림과 보살핌, 그리고 우직한 인내와 성실함이 필요하다는 것을 배우게 해줬습니다.

"우정은 두 개의 육신에 살고 있는 하나의 영혼이다."라는 아리스토텔레스의 말, "우정을 통해서만 이 세상은 살 만한 정원이 된다."라고 한 괴테의 말을 다시 기억해봅니다.

살면서 "나이 들수록 친구가 좋아.", "역시 친구밖에 없어."라고 말하는 이들을 자주 보았습니다. 여행지에서 친구끼리 어울려 다니는 그룹도 많이 보았지요. 그들이 허물없이 주고받는 대화를 들으며 빙그레 웃곤 하였는데, 아쉽게도 요즘은 코로나19로 어려운 일이 되었습니다.

전 세계가 코로나19로 많은 어려움을 겪고 있는 이 시기, 우리는 나라와 나라 사이, 개인과 개인 사이의 우정과 나눔의 중요성을 다시 생각해보게 됩니다. 일상의 소소함을 함께 나눈 친구들이 얼마나 소중한지 돌아볼 기회를 갖게 되었지요.

서로가 서로에게 긴밀히 연결되어 있는 존재임을 그 어느 때보다도 깊이 절감하는 날들입니다. 내가 누군가의 친구가 되고, 또 누군가 나의 친구가 되는 기

뽐이야말로 살아서 누리는 가장 아름다운 축복일 것입니다. 가까운 이들과도 본의 아니게 거리를 두어야 하는 이 시기, 소중한 친구들을 떠올리며 마음을 표현해보면 어떨까요. 바로 지금 말입니다.

부족한대로나마 여기 담긴 글들이 우정의 소중함과 아름다움을 알게 해주고 친구에 대한 고마움을 전하는 계기가 될 수 있길 바랍니다.

이 책을 편집하고 곱게 꾸며준 샘터사에 감사드립니다.

멀리 있어도 늘 가까운 제 오랜 친구, 앞으로의 친구들에게도 사랑의 인사를 전하면서 한 장의 분홍빛 러브레터를 쓰는 마음으로 이렇게 고백하고 싶습니다.

'친구야 잘 지내지? 오늘도 너를 사랑한다. 변함없이!'

2020년 5월 23일 첫 서원 52주년 되는 날

부산 광안리 성 베네딕도 수녀원에서

잘 익은 겸허함과 기도의 마음으로 한 그루 우정나무를 가꾸고 싶은

이해인 클라우디아 수녀

친구야, 너는 나의 책, 나는 너의 책.

오랜 세월이 지나도 아직 읽을 게 너무 많아 행복하다.

친구야, 사는 일의 무게로 네가 기쁨을 잃었을 때

나는 잠시 너의 창가에 앉아 노랫소리로 훼방을 놓는

고운 새가 되고 싶다.

잔디밭에서 새들과 함께 놀았어.

네잎클로버를 찾고 있는데 새 두 마리가 와서 같이 찾자는구나.

새들도 친구를 데리고 다니더라고.

좋은 음악을 듣다가 좋은 책을 읽다가
문득 네가 보고 싶어 가만히 앉아 있을 때가 있지.
그런 날은 꿈에서도 너를 본다, 친구야.

뭐 필요한 거 없니? 내가 할 수 있는 것이면 무엇이든지 말해!

네 말에 내게 필요한 것은 아무것도 없고

오직 너만 필요하다고 대답했지.

그런데 왜 너는 아무 말 없이 전화를 끊었을까….

농담으로 받아들였을까? 슬퍼서 그랬을까?

어쨌든 나에겐 네가 필요하단다.

어떤 물건이 아니라 존재 자체로의 소중한 별, 네가 필요하단다.

안개 낀 바닷가에 나갔어, 친구야.

큰비를 맞고 나서 더 깊어지고 넓어진 바다가

너의 마음으로 나에게 달려오고 있었어.

파도에 발을 적시며 네게 보낼 조가비를 주웠어.

어느새 네가 내 곁에서 속삭이고 있었지.

"사랑해."라고.

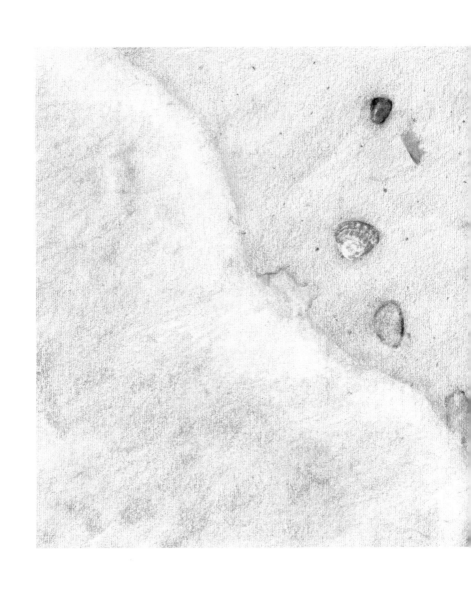

느티나무 잎새가 바람에 펄럭이는 오늘

우리가 함께 묘목을 심었던 수십 년 전 그날을 기억해.

우리 우정도 곱게 싹이 트고 익어서

더 아름답게 연둣빛 웃음소리를 내는 것을 나는 들었단다.

네가 많이 아플 적에

문병하고 돌아서는 나에게 너는 말했지.

"사랑해."라고.

평소 말 없는 네가 그리 말해서 속으로 놀라며

"나도." 하고 나오는데

서로의 그 말이 유언처럼 간절해 눈물이 났어.

"말 안 해도 내 마음 알지?" 네가 물으면,

나는 때로는 "말 안 하는데 어찌 아니?" 하고

살짝 눈을 흘겼지만 흐르는 세월 속에

이제는 내가 네게 먼저 이 말을 하게 돼.

말 안 해도 내 맘 알지?

너는 늘 미안하다 미안하다 하고, 나는 늘 괜찮다 괜찮다 하고,
그러는 동안 시간은 잘도 흐르는구나.
세월과 함께 우리도 조금씩 늙어가는구나.

무소식이 희소식이라고 네게 말하곤 했지만

정작 연락이 없으면 초조하고 불안하다.

그러다 문득 전화로 네 목소리를 듣거나 편지를 받으면

내 마음은 금방 이슬 맺힌 풀잎이 돼.

서로의 안부를 궁금해하는 이들끼리

오랜만에 서로의 목소리를 듣는 일은 평범하지만 놀라운 행복이야.

아무도 모르게 숲에 숨어 있어도

나무와 나무 사이를 뚫고 들어와

나를 안아주는 햇빛처럼 너는 늘 조용히 온다.

너를 만나지 않았다면 내 삶은 어떠했을까?
내가 사막에 있을 때 오아시스가 되어주고,
나무 그늘이 되어주고, 꽃이 되어준 친구야.

이끼가 고와서, 버섯들이 예뻐서 한참을 서 있곤 한다.

잊혔던 아름다움이 나를 더욱 행복하게 하는 것,

너는 알고 있지?

네가 내게 준 행복을 어떻게 다 감사할 수 있을까?

어떻게 다 헤아릴 수 있을까?

그럴 때 나는 그냥 침묵 속에 네 이름을 부르는 기도만 한다.

마음이 답답하고 우울하다는 나의 친구야.

오늘은 나랑 같이 시장에 가자.

꼭 무엇을 사지 않더라도 여기저기 기웃거리며

흥정하는 사람들의 생동감 넘치는 목소리를 듣고

싱싱한 채소와 과일의 향기, 생선 냄새도 맡으면서 삶을 이야기하자.

너의 웃음과 나의 웃음이 포개지니 세상은 어찌 이리 밝고 환한지!
너의 눈물과 나의 눈물이 섞이니 세상은 어찌 이리 어둡고 쓸쓸한지!

누구를 흉보려고 하면 어느새 다른 이야기로 돌려서

나쁜 말을 못 하게 하는 너.

그때는 조금 원망스러웠는데

시간이 가니 더욱 네가 고맙구나.

나의 말들을 하나하나 정성껏 들어서 나를 놀라게 하는 친구야.

나도 잊어버린 말을 잘도 기억하고 있는 친구야.

"관심 있으면 잘 듣게 돼. 그러니까 친구잖아."라고 너는 말했지.

나도 없는 여행길에서 네가 다른 사람들과

웃고 이야기하는 것을 질투하다가

많은 이들이 너를 좋아하는 것이 나에게도 선물이 된다 생각하니

마음이 편안해졌어.

기차 안에서 우리는 하얀 종이를 꺼내

동심으로 돌아가 끝말잇기를 했지.

좋아하는 단어를 골라 시 짓는 놀이도 했어.

몸이 아프면 함께 여행을 할 수 없어 슬프지만

마음은 아프지 않으니 종종 너와 상상 속의 여행을 떠나본다.

세상이라는 긴 기차 안에서 우리가 함께 살고 있음이

새삼 행복하구나, 친구야.

오늘은 자꾸만 우울해지려 해서
네가 보내준 음악을 들으니 마음이 밝아졌다.
너와 같이 찍은 사진도 들여다보고
사랑의 편지도 다시 읽으니 마음이 맑아졌다.
내 곁에 없어도 친구는 늘 나의 치료제가 되어주고
해결사가 되어주는구나.

내가 깎아준 과일을 맛있게 먹는 네 모습을 보니

내 마음속엔 과일 향기가 가득해져.

고요한 기쁨이 과일처럼 익어간다.

국수 한 그릇 먹고 갈래요?

늘 이렇게 초대하며 이웃을 불러 모을 아담한 국숫집을 하나 갖고 싶어.

낯선 이들끼리도 금방 정겨운 친구가 될 수 있는 공간,

기쁘면 기뻐서 슬프면 슬퍼서

부담 없이 누구라도 위로받을 수 있는 국숫집을.

오늘은 호숫가에서 너를 생각해.

호수는 고요하게 하늘과 산을 안고 있고,

내 마음은 고요하게 너를 향한 그리움을 안고 있어.

물소리 하나 없는 침묵의 호수처럼

나도 너를 위해 고요를 배울게, 친구야.

너에게 편지를 부치러 우체국에 가는 길, 오늘은 비가 내리네.

너를 향한 동그란 그리움과 기도….

멈추지 않는 나의 웃음을 어찌 알고

동그란 빗방울들이 봉투에 먼저 들어가 있네.

어제의 그리움은 시냇물이고,

오늘의 그리움은 강물이고,

내일의 그리움은 마침내 큰 바다로 이어지겠지?

너를 사랑한다, 친구야.

무엇을 부탁하기 전에 미리 챙겨주고

미리 배려하고, 미리 기도해주는 너의 정성을

나는 따라가지 못하지만 조금씩 배워보도록 할게.

당연한 듯 받기만 해서 미안해.

늘 앞서가는 사랑 고마워.

네가 평소에 무심히 흘려놓은 말들도 내겐 다 아름답고 소중하다.

우리 집 솔숲의 솔방울을 줍듯이 나는 네 말을 주워다

기도의 바구니에 넣어둔다.

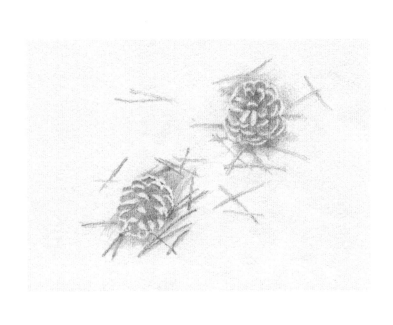

우리가 주고받는 일상의 평범한 몸짓과

조그만 배려가 담긴 마음의 표현들이

사실은 사랑인 것을 기억하게 해주소서.

무엇을 자꾸 요구하기보다는 이해부터 하려는 넓은 마음이

우정을 키워가는 사랑임을 다시 기억하게 해주소서.

문화와 종교의 차이를 뛰어넘어 사람 자체를 존중하고
그들이 하는 말을 정성껏 들어주는 것만으로도
아름다운 우정이 싹트는 기쁨을 맛보았습니다.

세상 사람은 모두 아름답습니다.

나는 모든 이의 작은 친구가 되고 싶고 산새였으면 합니다.

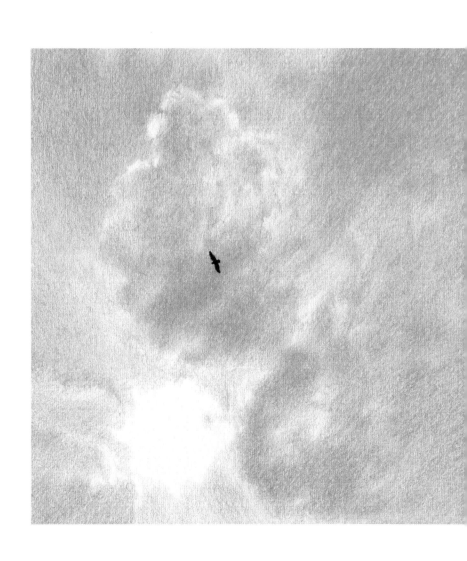

친구에게

초판 1쇄 인쇄 2020년 6월 9일
초판 1쇄 발행 2020년 6월 25일

글	이해인
그림	이규태
펴낸이	김성구
편집	임선아, 송은하
디자인	효효스튜디오
마케팅	최윤호, 나길훈, 김민지
제작	신태섭
관리	노신영
펴낸곳	㈜샘터사
등록	2001년 10월 15일 제 1-2923호
주소	서울 종로구 창경궁로35길 26 2층(03076)
전화	아동서팀(02)763-8963 마케팅부(02)763-8966
팩스	(02)3672-1873
전자우편	kidsbook@isamtoh.com
홈페이지	www.isamtoh.com

ISBN 978-89-464-7332-4 03810

이 도서의 국립중앙도서관 출판예정도서목록(CIP)은 서지유통지원시스템 홈페이지
(http://kolas-net.nl.go.kr)에서 이용하실 수 있습니다. (CIP제어번호: 2020019469)

*값은 뒤표지에 있습니다.
*잘못 만들어진 책은 구입처에서 교환해드립니다.